紅樓夢第八十六回

受私賄老官番案牘　寄閒情淑女解琴書

話說薛姨媽聽了薛蝌的來書因叫進小厮問道你聽見你大爺說到底是怎麽就把人打死了呢小厮道小的也没聽真切那一日大爺告訴二爺說說著回頭看了一看見無人纔說道大爺說自從家裡鬧的特利害大爺也没心腸了所以要到南邊置貨去這日想着約一個人同行這人在咱們這城南二百多地住大爺找他去了遇見在先和大爺好的那個蔣玉函帶着些小戲子進城大爺同他在個鋪子裡吃飯喝酒因爲這當槽兒的儘着拿眼瞟蔣玉函大爺就有了氣了後來蔣玉函走

了第二天大爺就請找他的那個人喝酒酒後想起頭一天的事來叫那當槽兒的換酒那當槽兒的來遲了大爺就罵起來了那個人不依大爺就拿起酒碗照他打去誰知那個人也是個潑皮便把頭伸過來叫大爺打大爺拿碗就砸他的腦袋一下子就冒了血了躺在地下頭裡還罵後頭就不言語了薛姨媽道怎麽也没人勸勸嗎那小厮道這個没聽見大爺說小的不敢妄言薛姨媽道你先去歇歇罷小厮答應出來這裡薛姨媽自來見王夫人托王夫人轉求賈政賈政問了前後也只好含糊應了只說等薛蝌遞了呈子看他本縣怎麽批了再作道理這裡薛姨媽又在當鋪裡兌了銀子叫小厮赶著去了三日後

果有回信薛姨媽接著了即叫小丫頭告訴寶釵連忙過來看了只見書上寫道帶去銀兩做了衙門上下使費哥哥在監也不大吃苦請太太放心獨是這裡的人很刁屍親見証都不依連哥哥請的那個朋友也幫着他們我與李祥兩個俱係生地生人幸找着一個好先生許他銀子纔討個主意說是須得拉扯着同哥哥喝酒的吳良弄人保出他來許他銀兩叫他撕擄他若不依便說張三是他打死明推在異鄉人身上他吃不住就好辦了我依着他果然吳良出來現在買囑屍親見証又做了一張呈子前日遞的今日批來請看呈底便知因又念呈底道具呈人某呈為兄遭飛禍代伸冤抑事竊生胞兄薛蟠本籍南京寄寓西京于某年月日備本往南貿易去未數日家奴送信回家說遭人命生即奔憲治知兄誤傷張姓及至囹圄據兄泣告實與張姓素不相認並無仇隙偶因換酒角口生兄將酒潑地恰值張三低頭拾物一時失手酒碗誤碰顱門身死蒙恩拘訊兄懼受刑承認鬬毆致死仰蒙憲天仁慈知有冤抑尚未定案生兄在禁具呈訴辯有干例禁生念手足冒死代呈伏乞憲慈恩準提証質訊開恩莫大生等舉家仰戴鴻仁永永無既矣激切上呈批的是屍場檢驗証據確鑿且並未用刑爾兄自認鬬殺招供在案今爾遠來並非目睹何得揑詞妄控理應治罪姑念為兄情切且恕不准薛姨媽聽到那裡說道不是救

不過來了麽這怎麽好呢寶釵道二哥的書還沒看完從而還有呢因又念道有要緊的問來使便知薛姨媽便問來人因說道縣裡早知我們的家當充足須得在京裡謀幹得大情再送一分大禮還可以覆審從輕定案太太此時必得快辦再遲了就怕大爺要受苦了薛姨媽聽了叫小厮自去即刻又到賈府與王夫人說明原故懇求賈政賈政只肯托人與知縣說情不肯提及銀物薛姨媽恐不中用求鳳姐與賈璉說了花上幾千銀子纔把知縣買通薛蝌那裡也便弄通了然後知縣掛牌坐堂傳齊了一干鄰保証見屍親人等監裡提出薛蟠刑房書吏俱一一點名知縣便叫地保對明初供又叫屍親張王氏并屍叔張二問話張王氏哭稟小的的男人是張大南鄉裡住十八年頭裡死了大兒子二兒子也都死了光留下這個死的兒子叫張三今年二十三歲還沒有娶女人呢爲小人家裡窮沒得養活在李家店裡做當槽兒的那一天晌午李家店裡打發人來叫俺說你兒子叫人打死了我的青天老爺小的就嚇死了跑到那裡看見我兒子頭破血出的躺在地下喘氣兒問他話也說不出來不多一會兒就死了小人就要揪住這個小雜種拚命衆衙役吆喝一聲張王氏便磕頭道求青天老爺伸冤小人就只這一個兒子了知縣便叫下去又叫李家店的人問道那張三是在你店內傭工的麽那李二回道不是傭工是做當

槽兒的知縣道那日屍場上你說張三是薛蟠將碗砸死的你親眼見的麼李二說道小的在櫃上聽見說客房裡要酒不多一回便聽見說不好了打傷了小的跑進去只見張三躺在地下也不能言語小的便喊禀地保一面報他母親去了他們到底怎樣打的實在不知道求太爺問那喝酒的便知道了知縣喝道初審口供你是親見的怎麼如今說沒有見李二道小的前日唬昏了亂說衙役又吆喝了一聲知縣便叫吳良問道你是同在一處喝酒的麼薛蟠怎麼打的據實供來吳良說小的那日在家這個薛大爺叫我喝酒他嫌酒不好要換張三不肯薛大爺生氣把酒向他臉上潑去不曉得怎麼樣就碰在那腦袋上了這是親眼見的知縣道胡說前日屍場上薛蟠自已認拿碗砸死的你說你親眼見的怎麼今日的供不對掌嘴衙役答應着要打吳良求着說薛蟠實沒有和張三打架酒碗失手碰在腦袋上的求老爺問薛蟠便是恩典了知縣叫上薛蟠問道你與張三到底有什麼仇隙畢竟是如何死的實供上來薛蟠道求太老爺開恩小的實沒有打他為他不肯換酒故拿酒潑地不想一時失手酒碗誤碰在他的腦袋上小的即忙掩他的血那裡知道再掩不住血淌多了過一回就死了前日屍場上怕太老爺要打所以說是拿碗砸他的只求太老爺開恩知縣便喝道好個糊塗東西本縣問你怎麼砸他的你便供說惱

他不換酒纔砸的今日又供是失手砸的知縣假作聲勢要打要夾薛蟠一口咬定知縣叫仵作將前日屍場塡寫傷痕據實報來仵作禀報說前日驗得張三屍身無傷惟顖門有磁器傷長一寸七分深五分皮開顖門骨脆裂破三分實係磕碰傷知縣查對屍格相符早知書吏改輕也不駁詰胡亂便叫畫供張王氏哭喊道青天老爺前日聽見還有多少傷怎麽今日都沒有了知縣道這婦人胡說現有屍格你不知道麽叫屍叔張二便問道你姪兒身死你知道有幾處傷張二忙供道腦袋上一傷知縣道可又來叫書吏將屍格給張王氏瞧去并叫地保屍叔指明與他瞧現有屍場親押証見俱供并未打架不爲鬬歐

只依誤傷吩咐畫供將薛蟠監禁候詳餘令原保領出退堂張王氏哭着亂嚷知縣叫衆衙役攆他出去張二也勸張王氏道實在悞傷怎麽賴人現在太老爺斷明别再胡鬧了薛蝌在外打聽明白心内喜歡便差人回家送信等批詳回來便好打點贖罪且住着等信只聽路上三三兩兩傳說有個貴妃薨了皇上輟朝三日這裡離陵寢不遠知縣辦差墊道一時料着不得閒住在這裡無益不如到監告訴哥哥安心等着我回家去過幾日再來薛蟠也怕母親痛苦帶信說我無事必須衙門再使費幾次便可回家了只是別心疼銀子錢薛蝌留下李祥在此照料一徑回家見了薛姨媽陳説知縣怎樣徇情怎樣審斷終

定了誤傷將來屍親那裡再花些銀子一准贖罪便沒事了薛姨媽聽說暫且放心說正盼你來家中照應賈府裡本該謝去況且周貴妃薨了他們天天進去家裡空落落的我想着要去替姨太太那邊照應照應作伴兒只是咱們家又沒人你這來的正好薛蝌道我在外頭原聽見說是賈妃薨了這麽纔趕回來的我們娘娘好好兒的怎麽就死了薛姨媽道上年原病過一次也就好了這回又沒聽見娘娘有什麽病只聞那府裡頭幾天老太太不大受用合上眼便看見元妃娘娘衆人都不放心直至打聽起來又沒有什麽事到了大前兒晚上老太太親口說是怎麽元妃獨自一個人到我這裡衆人只道是病中想

的話總不信老太太又說你們不信元妃還和我說是榮華易盡須要退步抽身衆人都說誰不想到這是有年紀的人思前想後的心事所以也不當件事恰好第二天早起裡頭吵嚷出來說娘娘病重宣各誥命進去請安他們就驚疑的了不得赶着進去他們還沒有出來我們家裡已聽見周貴妃薨逝了你想外頭的訛言家裡的疑心恰碰在一處可奇不奇寶釵道不但是外頭的訛言舛錯便在家裡的一聽見娘娘兩個字也就都忙了過後纔明白這兩天那府裡這些丫頭婆子來說他們早知道不是咱們家的娘娘我說你們那裡拿得定呢他說道前幾年正月外省薦了一個算命的說是狠准的老太太叫人

將元妃八字夾在了頭們八字裡頭送出去叫他推算他獨說這正月初一日生日的那位姑娘只怕時辰錯了不然真是個貴人也不能在這府中老爺和眾人說不管他錯不錯照八字算去那先生便說甲申年正月丙寅這四個字內有傷官敗財惟申字內有正官祿馬這就是家裡養不住的也不見什麼好這日子是乙卯初春木旺雖是比肩那裡知道愈比愈好就像那個好木料愈經斲削纔成大器獨喜得時上什麼辛金為貴什麼巳中正官祿馬獨旺這叫作飛天祿馬格又說什麼日逢專祿貴重的很天月二德坐本命貴受椒房之寵這位姑娘若是時辰准了定是一位主子娘娘這不是算准了麼我們還記

得說可惜榮華不久只怕遇着寅年卯月這就是比而又比刼而又刼譬如好木太要做玲瓏剔透本質就不堅了他們把這些話都忘記了只管瞎忙我纔想起來告訴我們大奶奶今年那裡是寅年卯月呢寶釵尚未述完這話薛蝌急道且別管人家的事既有這個神仙算命的我想哥哥今年什麼惡星照命遭這麼横禍快開八字兒我給他算去看有妨碍麼寶釵道他是外省來的不知今年在京不在了說着便打點薛姨媽往賈府去到了那裡只有李紈探春等在家接着便問道大爺的事怎麼樣了薛姨媽道等詳了上司纔定看來也到不了死罪這纔大家放心探春便道昨晚太太想着說上回家裡有事全仗

姨太太照應如今自巳有事也難提了心裡只是不放心薛姨媽道我在家裡也是難過只是你大哥遭了這事你二兄弟又辦事去了家裡你姐姐一個人中什麽用況且我們媳婦兒又是個不大曉事的所以不能脫身過來目今那裡知縣也正爲預備周貴妃的差使不得了結案件所以你二兄弟同來了我纔得過來看看李紈便道請姨太太這裡住幾天更好薛姨媽點頭道我也要在這邊給你們姐妹們作作伴兒就只你寶妹妹冷靜些惜春道姨媽要惦着爲什麽不把寶姐姐也請過來薛姨媽笑着說道使不得惜春道怎麽使不得他先怎麽住着來呢李紈道你不懂的人家家裡如今有事怎麽來呢惜春也

信以爲實不便再問正說着賈母等回來見了薛姨媽也顧不得問好便問薛蟠的事薛姨媽細述了一遍寶玉在傍聽見什麽蔣玉函一段當着人不問心裏打量是他旣回了京怎麽不來瞧我又見寶釵也不過來不知是怎麽個原故心內正自呆呆的想呢恰好黛玉也來請安寶玉稍覺心裡喜歡便把想寶釵來的念頭打斷同着姊妹們在老太太那裡吃了晚飯大家散了薛姨媽將就住在老太太的套間屋裡寶玉回到自巳房中換了衣裳忽然想起蔣玉函給的汗巾便向襲人道你那一年沒有繫的那條紅汗巾子還有沒有襲人道我擱着呢問他做什麽寶玉道我白問問襲人道你没有聽見薛大爺相與這

些混賬人所以鬧到人命關天你還提那些做什麽有這樣白操心倒不如靜靜兒的念念書把這些個没要緊的事撂開了也好寶玉道我並不鬧什麽偶然想起有也罷没也罷我白問一聲你們就有這些話襲人笑道並不是我多話一個人知書達禮就該往上巴結纔是就是心愛的人來了也叫他瞧著喜歡尊敬啊寶玉被襲人一提便說了不得方纔我在老太太那邊看見人多没有和林妹妹說話他也不曾理我散的時候他先走了此時必在屋裡我去就來說著就走襲人道快些回來罷這都是我提頭兒倒招起你的高興來了寶玉也不答言低着頭一逕走到瀟湘館来只見黛玉靠在桌上看書寶玉走到跟前笑說道妹妹早回来了黛玉也笑道你不理我我還在那裡做什麽寶玉一面笑說他們人多說話我插不下嘴去所以没有和你說話一面瞧著黛玉看的那本書書上的字一個也不認得有的像芍字有的像茫字也有一個大字旁邊九字加上一勾中間又添五個字也有上頭五字六字又添一個木字底下又是一個五字看着又奇怪又納悶便說妹妹近日越發進了看起天書來了黛玉嗤的一聲笑道好個念書的人連個琴譜都没有見過寶玉道琴譜怎麽不知道為什麽上頭的字一個也不認得妹妹你認得麽黛玉道不認得瞧他做什麽寶玉道我不信從没有聽見你會撫琴我們書房裡掛着好幾張

前年來了一個清客先生叫做什麼嵇好古老爺煩他撫了一曲他取下琴來說都使不得還說老先生若高興改日攜琴來請教想是我們老爺也不懂他便不來了怎麼你有本事藏着黛玉道我何嘗真會呢前日身上略覺舒服在大書架上翻書看有一套琴譜甚有雅趣上頭講的琴理甚通手法說的也明白真是古人靜心養性的工夫我在揚州也聽得講究過也曾學過只是不弄了就沒有了這果真是三日不彈手生荊棘前日看這幾篇沒有曲文只有操名我又到別處找了一本有曲文的來看着纔有意思究竟怎麼彈的好實在也難書上說的師曠鼓琴能來風雷龍鳳孔聖人尚學琴於師襄一操便知其為文王高山流水得遇知音說到這裡眼皮兒微微一動慢慢的低下頭去寶玉正聽得高興便道好妹妹你纔說的實在有趣只是我纔見上頭的字都不認得你教我幾個呢黛玉道不用教的一說便可以知道的寶玉道我是個糊塗人得教我那個大字加一勾中間一個五字的黛玉笑道這大字九字是用左手大拇指按琴上的九徽這一勾加五字是右手鉤五絃並不是一個字乃是一聲是極容易的還有吟揉綽注撞走飛推等法是講究手法的寶玉樂得手舞足蹈的說好妹妹你既明琴理我們何不學起來黛玉道琴者禁也古人制下原以治身涵養性情抑其淫蕩去其奢侈若要撫琴必擇靜室高齋或在

層樓的上頭在林石的裏面或是山巔上或是水涯上再遇著那天地清和的時候風清月朗焚香靜坐心不外想氣血和平纔能與神合靈與道合妙所以古人說知音難遇若無知音寧可獨對着那清風明月蒼松怪石野猿老鶴撫弄一番以寄興趣方為不負了這琴還有一層又要指法好取音好若必要撫琴先須衣冠整齊或鶴氅或深衣要知古人的像表那纔能稱聖人之器然後盥了手焚上香方纔將身就在榻邊把琴放在案上坐在第五徽的地方兒對着自己的當心兩手方從容抬起這纔心身俱正還要知道輕重疾徐卷舒自若體態尊重方好寶玉道我們學着頑若這麼講究起來那就難了兩個人正說着只見紫鵑進來看見寶玉笑說道寶二爺今日這樣高興寶玉笑道聽見妹妹講究的叫人頓開茅塞所以越聽越愛聽紫鵑道不是這個高興說的是二爺到我們這邊來的話寶玉道先時妹妹身上不舒服我怕鬧的他煩再者我又上學因此顯着就疎遠了是的紫鵑不等說完便道姑娘也是纔好二爺既這麼說坐坐也該讓姑娘歇歇兒了別叫姑娘只是講究勞神了寶玉笑道可是我只顧愛聽也就忘了妹妹勞神了黛玉笑道說這些倒也開心也沒有什麼勞神的只是怕我只會說你只當不懂呢寶玉道橫豎慢慢的自然明白了說着便站起來道當真的妹妹歇歇兒罷明兒我告訴三妹妹和四妹妹去

叫他們都學起来讓我聽黛玉笑道你也太受用了即如大家學會了撫起來你不懂可不是對黛玉說到那裡想起心上的事便縮住口不肯往下說了寶玉便笑著道只要你們能彈我便愛聽也不管牛不牛的了黛玉紅了臉一笑紫鵑雪雁也都笑了於是走出門來只見秋紋帶著小丫頭捧着一小盆蘭花來說太太那邊有人送了四盆蘭花來因裡頭有事沒有空兒頑他叫給二爺一盆林姑娘一盆黛玉看時却有幾枝雙朶兒的心中忽然一動也不知是喜是悲便呆呆的獃看那寶玉此時却一心只在琴上便說妹妹有了蘭花就可以做猗蘭操了黛玉聽了心裡反不舒服回到房中看着花想到草木當春花

鮮葉茂想我年紀尚小便像三秋蒲柳若是果能隨願或者漸漸的好來不然只恐似那花柳殘春怎禁得風催雨送想到那裡不禁又滴下淚來紫鵑在傍看見這般光景却想不出原故來方纔寶玉在這裡那麽高興如今好好的看花怎麽又傷起心來正愁着沒法兒勸解只見寶釵那邊打發人來未知何事下回分解

紅樓夢第八十六回終

紅樓夢第八十七回

感秋聲撫琴悲往事　坐禪寂走火入邪魔

却說黛玉叫進寶釵家的女人來問了好呈上書子黛玉叫他去喝茶便將寶釵來書打開看時只見上面寫著

妹生辰不偶家運多艱姊妹伶仃萱親衰邁兼之猇聲狺語旦暮無休更遭慘禍飛災不啻驚風密雨夜深輾側愁緒何堪屬在同心能不爲之愍惻乎迴憶海棠結社序屬清秋對菊持螯同盟歡洽猶記孤標傲世偕誰隱一樣花開爲底遲之句未嘗不歎冷節餘芳如吾兩人也感懷觸緒聊賦四章匪曰無故呻吟亦長歌當哭之意耳

悲時序之遞嬗兮又屬清秋感遭家之不造兮獨處離愁北堂有萱兮何以忘憂無以解憂兮我心咻咻

雲憑憑兮秋風酸步中庭兮霜葉乾何去何從兮失我故歡靜言思之兮惻肺肝

惟鮪有潭兮惟鶴有梁鱗甲潛伏兮羽毛何長搔首問兮茫茫高天厚地兮誰知余之永傷

銀河耿耿兮寒氣侵月色橫斜兮玉漏沉憂心炳炳兮發我哀吟吟復吟兮寄我知音

黛玉看了不勝傷感又想寶姐姐不寄與別人單寄與我也是惺惺惜惺惺的意思正在沉吟只聽見外面有人說道林姐姐

在家裡呢麼黛玉一面把寶釵的書疊起口內便答應道是誰
正問著早見幾個人進來却是探春湘雲李紋李綺彼此問了
好雪雁倒上茶來大家喝了說些閒話因想起前年的菊花詩
來黛玉便道寶姐姐自從挪出去來了兩遭如今索性有事也
不來了真真奇怪我看他終久還來我們這裡不來探春微笑
道怎麼不來橫豎要來的如今是他們奶奶有些脾氣姨媽上
了年紀的人又兼有薛大哥的事自然得寶姐姐照料一切那
裡還比得先前有工夫呢正說着忽聽得唿喇喇一片風聲吹
了好些落葉打在窗紙上停了一回兒又透過一陣清香來衆
人聞着都說道這是何處來的香風這像什麼香黛玉道好像

木樨香探春笑道林姐姐終不脫南邊的人話這大九月裡的
那裡還有桂花呢黛玉笑道原是啊不然怎麼不竟說是桂花
香只說似乎像呢湘雲道三姐姐你也別說你可記得十里荷
花三秋桂子在南邊正是晚桂開的時候了你只沒有見過罷
了等你明日到南邊去的時候你自然也就知道了探春笑道
我有什麼事到南邊去況且這個也是我早知道的不用你們
說嘴李紋李綺只抿着嘴兒笑黛玉道妹妹這可說不齊俗語
說人是地行仙今日在這裡明日就不知在那裡譬如我原是
南邊人怎麼到了這裡呢湘雲拍著手笑道今兒三姐姐可叫
林姐姐問住了不但林姐姐是南邊人到這裡就是我們這幾

倆人就不能也有本來是北邊的也有根子是南邊生長在北邊的也有生長在南邊到這北邊的今兒大家都湊在一處可見人總有一個定數大凡地和人總是各自有緣分的衆人聽了都點頭探春也只是笑又說了一會子閒話兒大家散出黛玉送至門口大家都說你身上纔好些別出來了看着了風於是黛玉一面說着話兒一面站在門口又與四人慇懃了幾句便看着他們出院去了進來坐着看看已是林鳥歸山夕陽西墜因史湘雲說起南邊的話便想着父母若在南邊的景致春花秋月水秀山明二十四橋六朝遺跡不少下人伏侍諸事可以任意言語亦可不避香車畫舫紅杏青帘惟我獨尊今日寄人籬下縱有許多照應自已無處不要留心不知前生作了什麼罪孽今生這樣孤悽真是李後主說的此間日中只以眼淚洗面矣一面思想不知不覺神往那裡去了紫鵑走來看見這樣光景想着必是因剛纔說起南邊北邊的話来一時觸着黛玉的心事了便問道姑娘們來說了半天話想來姑娘又勞了神了剛纔我叫雪雁告訴厨房裡給姑娘作了一碗火肉白菜湯加了一點兒蝦米兒配了點青笋紫菜姑娘想着好麼黛玉道也罷了紫鵑道還熬了一點江米粥黛玉點點頭兒又說道那粥得你們兩個自已熬了不用他們厨房裡熬纔是紫鵑道我也怕厨房裡弄的不乾净我們自已熬呢就是那湯我也告

訴雪雁合柳嫂兒說了要弄乾凈着柳嫂兒說了他打點妥當拿到他屋裡叫他們五兒瞅着燉呢黛玉道我倒不是嫌人家腌臢只是病了好些日子不周不備都是人家這會子又湯兒粥兒的調度未免惹人厭煩說着眼圈兒又紅了紫鵑道姑娘這話也是多想姑娘是老太太的外孫女兒又是老太太心坎兒上的別人求其在姑娘跟前討好兒還不能呢那裡有抱怨的黛玉點點頭兒因又問道你纔說的五兒不是那日合寶二爺那邊的芳官在一處的那個女孩兒紫鵑道就是他黛玉道不聽見說要進來麼紫鵑道可不是因爲病了一塲後來好了纔要進來正是晴雯他們鬧出事來的時候也就擱住了黛玉道我看那丫頭倒也還頭臉兒乾淨說着外頭婆子送了湯來雪雁出來接時那婆子說道柳嫂兒叫回姑娘這是他們五兒作的沒敢在大廚房裡作怕姑娘嫌腌臢雪雁答應着接了進來黛玉在屋裡已聽見了吩咐雪雁告訴那老婆子回去說叫他費心雪雁出來說了老婆子自去這裡雪雁將黛玉的碗筯安放在小几兒上因問黛玉道還有偺們南來的五香大頭菜拌些麻油醋可好麽黛玉道也使得只不必累墜了一面盛上粥來黛玉吃了半碗用羮匙舀了兩口湯喝就擱下了兩個丫嬛撤下來了拭凈了小几端下去又換上一張常放的小几黛玉漱了口盥了手便道紫鵑添了香了沒有紫鵑道就添去

黛玉道你們就把那湯合粥吃了罷味兒還好且是乾淨待我自己添香罷兩個人答應了在外間自吃去了這裡黛玉添了香自己坐着纔要拿本書看只聽得園內的風自西邊直透到東邊穿過樹枝都在那裡唏嘞嘩喇不住的響一會兒簷下的鐵馬也只管叮叮噹噹的亂敲起來一時雪雁先吃完了進來伺候黛玉便問道天氣冷了我前日叫你們把那些小毛兒衣裳晾晾可曾晾過沒有雪雁道都晾過了黛玉道你拿一件來我披披雪雁走去將一包小毛衣裳抱來打開氊包給黛玉自揀只見內中夾着個絹包兒黛玉伸手拿起打開看時却是寶玉病時送來的舊絹子自己題的詩上面淚痕猶在裡頭却包着那剪破了的香囊扇袋并寶玉通靈玉上的穗子原來晾衣

裳時從箱中檢出紫鵑恐怕遺失了遂夾在這氊包裡的這黛玉不看則已看了時也不說穿那一件衣裳手裡只拿着那兩方手帕呆呆的看那舊詩看了一面不覺得簌簌淚下紫鵑剛從外間進來只見雪雁正捧着一氊包衣裳在傍邊呆立小几上却擱著剪破了的香囊和兩三截兒扇袋並那鉸拆了的穗子黛玉手中却拿著兩方舊帕子上邊寫著字跡在那裡對着滴淚呢正是

失意人逢失意事　新啼痕間舊啼痕

紫鵑見了這樣知是他觸物傷情感懷舊事料道勸也無益只

得笑着道姑娘還看那些東西作什麽那都是那幾年寶二爺和姑娘小時一時好了一時惱了鬧出來的笑話兒要像如今這樣斯抬斯敬的那能裡這些東西白遭塌了呢紫鵑這話原給黛玉開心不料這幾句話更提起黛玉初來時和寶玉的舊事來一發珠淚連綿起來紫鵑又勸道雪雁這裡等著呢姑娘披上一件罷那黛玉纔把手帕撂下紫鵑連忙拾起將香袋等物包起拿開這黛玉方披了一件皮衣自已悶悶的走到外間來坐下回頭看見案上寶釵的詩啟尚未收好又拿出來瞧了兩遍歎道境遇不同傷心則一不免也賦四章翻入琴譜可彈可歌明日寫出來寄去以當和作便叫雪雁將外邊桌上筆硯

拿來濡墨揮毫賦成四疊又將琴譜翻出借他猗蘭思賢兩操合成音韻與自已做的配齊了然後寫出以備送與寶釵又即呼雪雁向箱中將自已帶來的短琴拿出調上弦又操演了指法黛玉本是個絕頂聰明人又在南邊學過幾時雖是手生到底一理就熟撫了一番夜已深了便叫紫鵑收拾睡覺不題却說寶玉這日起來梳洗了帶着焙茗正往書房中來只見墨雨笑嘻嘻的跑來迎頭說道二爺今日便宜了太爺不在書房裡都放了學了寶玉道當真的麽墨雨道二爺不信那不是三爺和蘭哥來了寶玉看時只見賈環賈蘭跟着小廝們兩個笑嘻嘻的嘴裡咭咭呱呱不知說些什麽迎頭來了見了寶玉都垂

手跕住寶玉問道你們兩個怎麼就回來了賈環道今日太爺有事說是放一天學明兒再去呢寶玉聽了方回身到賈母賈政處去稟明了然後回到怡紅院中襲人問道怎麼又回來了寶玉告訴了他只坐了一坐兒便往外走襲人道往那裡去這樣忙法就放了學依我說也該養養神兒了寶玉站住腳低了頭說道你的話也是但是好容易放一天學還不散散去你也該可憐我些兒了襲人見說的可憐笑道由爺去罷正說着端了飯來寶玉也沒法兒只得且吃飯三口兩口忙忙的吃完漱了口一溜烟往黛玉房中去了走到門口只見雪雁在院中晾絹子呢寶玉因問姑娘吃了飯了麼雪雁道早起喝了半碗粥

懶待吃飯這時候打盹兒呢二爺且到別處走走回來再來罷寶玉只得回來無處可去忽然想起惜春有好幾天沒見便信步走到蓼風軒來剛到窗下只見靜悄悄一無人聲寶玉打諒他也睡午覺不便進去纔要走時只聽屋裡微微一響不知何聲寶玉站住再聽半日又咱的一響寶玉還未聽出只見一個人道你在這裡下了一個子兒那裡你不應麼寶玉方知是下棋呢但只急切聽不出這個人的語音是誰底下方聽見惜春道怕什麼你這麼一吃我我這麼一應你又這麼吃我又這麼應還緩着一着兒呢終久連的上那一個又道我要這麼一吃呢惜春道阿嘎還有一著反撲在裡頭呢我倒沒防備寶玉聽

了聽那一個聲音很熟却不是他們姊妹料着惜春屋裡也沒
外人輕輕的掀簾進去看時不是別人却是那櫳翠菴的檻外
人妙玉這寶玉見是妙玉不敢驚動妙玉和惜春正在凝思之
際也沒理會寶玉却站在旁邊看他兩個的手段只見妙玉低
着頭問惜春道你這個畸角兒不要了麼惜春道怎麼不要你
那裡頭都是死子兒我怕什麼妙玉道且別說滿話試試看惜
春道我便打了起來看你怎麼着妙玉却微微笑着把邊上子
一接却搭轉一吃把惜春的一個角兒都打起來了笑着說道
這叫做倒脫靴勢惜春尚未答言寶玉在旁情不自禁哈哈一
笑把兩個人都唬了一大跳惜春道你這是怎麼說進來也不

言語這麼使促狹唬人你多早晚進來的寶玉道我頭裡就進
來了看着你們兩個爭這個畸角兒說着一面與妙玉施禮一
面又笑問道妙公輕易不出禪關今日何緣下凡一走妙玉聽
了忽然把臉一紅也不答言低了頭自看那棋寶玉自覺造次
連忙陪笑道倒是出家人比不得我們在家的俗人頭一件心
是靜的靜則靈靈則慧寶玉尚未說完只見妙玉微微的把眼
一抬看了寶玉一眼復又低下頭去那臉上的顏色漸漸的紅
暈起來寶玉見他不理只得訕訕的旁邊坐了惜春還要下子
妙玉半日說道再下罷便起身理理衣裳重新坐下痴痴的問
着寶玉道你從何處來寶玉巴不得這一聲好解釋前頭的話

忽又想道或是妙玉的機鋒轉紅了臉答應不出來妙玉微微一笑自合惜春說話惜春也笑道二哥哥這什麼難答的你沒有聽見人家常說的從來處來麼這也值得把臉紅了見了生人的是的妙玉聽了這話想起自家心上一動臉上一熱必然也是紅的倒覺不好意思起來因站起來說道我來得久了要回菴裡去了惜春知妙玉為人也不深留送出門口妙玉笑道久已不來這裡彎彎曲曲的回去的路頭都要迷住了寶玉道這到要我來指引指引何如妙玉道不敢二爺前請於是二人別了惜春離了蓼風軒彎彎曲曲走近瀟湘館忽聽得叮咚之聲妙玉道那裡的琴聲寶玉道想必是林妹妹那裡撫琴呢妙玉道原來他也會這個嗎怎麼素日不聽見提起寶玉悉把黛玉的事說了一遍因說咱們去看他妙玉道從古只有聽琴再沒有看琴的寶玉笑道我原說我是個俗人說著二人走至瀟湘館外在山子石上坐着靜聽甚覺音調清切只聽得低琴道

風蕭蕭兮秋氣深美人千里兮獨沉吟望故鄉兮何處倚欄杆兮沾涕襟

歇了一回聽得又吟道

山迢迢兮水長照軒窗兮明月光耿耿不寐兮銀河渺茫羅衫怯怯兮風露涼

又歇了一歇妙玉道剛纔侵字韻是第一疊如今揚字韻是第

二疊了咱們再聽裡邊又吟道
子之遭兮不自由予之遇兮多煩憂之子與我兮心焉相投
思古人兮俾無尤
妙玉道這又是一拍何憂思之深也寶玉道我雖不懂得但聽他聲音也覺得過悲了裡頭又調了一回弦妙玉道君弦太高了與無射律只怕不配呢裡邊又吟道
人生斯世兮如輕塵天上人間兮感夙因感夙因兮不可惙
素心如何天上月
妙玉聽了呀然失色道如何忽作變徵之聲音的可裂金石矣只是太過寶玉道太過便怎麼妙玉道恐不能持久正議論時

聽得君弦磞的一聲斷了妙玉站起來連忙就走寶玉道怎麼樣妙玉道日後自知你也不必多說竟自走了弄得寶玉滿肚疑團沒精打彩的歸至怡紅院中不表且說妙玉歸去早有道婆接着掩了庵門坐了一回把禪門日誦念了一遍吃了晚飯點上香拜了菩薩命道婆子自去歇着已的禪床靠背俱已整齊屏息垂簾跏趺坐下斷除妄想趨向真如坐到三更已後聽得房上嗗碌碌一片响聲妙玉恐有賊來下了禪床出到前軒但見雲影橫空月華如水那時天氣上不很涼獨自一個憑欄站了一回忽聽房上兩個猫兒一遞一聲廝叫那妙玉忽想起日間寶玉之言不覺一陣心跳耳熱自己連忙收攝心神走進

禪房仍到禪床上坐了怎奈神不守舍一時如萬馬奔馳覺得禪床便恍蕩起來身子已不在菴中便有許多王孫公子要來娶他又有些媒婆扯扯拽拽扶他上車自已不肯去一回兒又有盜賊刼他持刀執棍的逼勒只得哭喊求救早驚醒了菴中女尼道婆等衆都拿火來照看只見妙玉兩手撒開口中流沫急叫醒時只見眼睛直豎兩顴鮮紅罵道我是有菩薩保佑你們這些強徒敢要怎麽樣衆人都唬的沒了主意都說道我們在這裡呢快醒轉來罷妙玉道我要回家去你們有什麽好人送我回去罷道婆道這裡就是你住的房子說着又叫别的女尼忙向觀音前禱告求了籤翻開籤書看時是觸犯了西南角

上的陰人就有一個說是了大觀園中西南角上本來沒有人住陰氣是有的一面弄湯弄水的在那裡忙亂那女尼原是自南邊帶來的伏侍妙玉自然比别人盡心圍着妙玉坐在禪床上妙玉回頭道你是誰女尼道是我妙玉仔細瞧了一瞧道原來是你便抱住那女尼嗚嗚咽咽的哭起來說道你是我的媽呀你不救我我不得活了那女尼一面喚醒他一面給他揉着道婆倒上茶來喝了直到天明纔睡了女尼便打發人去請大夫來看脉也有說是思慮傷脾的也有說是熱入血室的也有說是邪祟觸犯的也有說是內外感冒的終無定論後請得一個大夫來看了問曾打坐過沒有道婆說道向來打坐的大夫

道這病可是昨夜忽然來的麼道婆道是大夫道這是走魔入火的原故衆人問有礙沒有大夫道幸虧打坐不久魔還入得淺可以有救寫了降伏心火的藥吃了一劑稍稍平復些外面那些游頭浪子聽見了便造作許多謠言說這麼年紀那裡忍得住况且又是很風流的人品很乖覺的性靈已後不知飛在誰手裡便宜誰去呢過了幾日妙玉病雖略好了些神思未復終有些恍惚一日惜春正坐着彩屏忽然進來回道姑娘知道妙玉師父的事嗎惜春道他有什麼事彩屏道我昨日聽見邢姑娘和大奶奶在那裡說呢他自從那日合姑娘下棋回去夜間忽然中了邪嘴裡亂嚷說强盜來搶他來了到如今還沒好

呢姑娘你說這不是奇事嗎惜春聽了默默無語因想妙玉雖然潔淨畢竟塵緣未斷可惜我生在這種人家不便出家我若出了家時那有邪魔纏擾一念不生萬緣俱寂想到這裡驀與神會若有所得便口占一偈云

大造本無方　云何是應住
既從空中來　應向空中去

占畢即命丫頭焚香自己靜坐了一回又翻開那棋譜來把孔融王積薪等所着看了幾篇內中茂葉包蟹勢黃鶯搏兎勢都不出奇三十六局殺角勢一時也難會難記獨看到十龍走馬覺得甚有意思正在那裡作想只聽見外面一個人走進院來

連叫彩屏未知是誰下回分解

紅樓夢第八十七回終

紅樓夢第八十八回

博庭歡寶玉讚孤兒　正家法賈珍鞭悍僕

却說惜春正在那裡揣摩碁譜忽聽院內有人叫彩屏不是別人却是鴛鴦的聲兒彩屏出去同着鴛鴦進來那鴛鴦却帶着一個小丫頭提了一個小黃絹包兒惜春笑問道什麼事鴛鴦道老太太因明年八十一歲是個暗九許下一場九晝夜的功德發心要寫三千六百五十零一部金剛經這巳發出外面人寫了但是俗說金剛經就像那道家的符殼心經纔算是符膽故此金剛經內必要揷着心經更有功德老太太因心經是更要緊的觀自在又是女菩薩所以要幾個親丁奶奶姑娘們寫

上三百六十五部如此又虔誠又潔淨咱們家中除了二奶奶頭一宗他當家沒有空兒二宗他也寫不上來其餘會寫字的不論寫得多少連東府珍大奶奶姨娘們都分了去本家裡頭自不用說惜春聽了點頭道別的我做不來若要寫經我最信心的你擱下喝茶罷鴛鴦纔將那小包兒擱在桌上同惜春坐下彩屏倒了一鍾茶來惜春笑問道你寫不寫鴛鴦道姑娘又說笑話了那幾年還好這三四年來姑娘還見我拿了拿筆兒麼惜春道這却是有功德的鴛鴦道我也有一件事向來伏侍老太太安歇後自己念上米佛巳經念了三年多了我把這個米收好等老太太做功德的時候我將他襯在裡頭供佛施食

也是我一點誠心惜春道道樣說來老太太做了觀音你就是龍女了鴛鴦道那裡跟得上這個分兒却是除了老太太別的也伏侍不來不曉得前世什麼緣分兒說著要走叫小丫頭把小絹包打開拿出來道這素紙一扎是寫心經的又拿起一子兒藏香道這是叫寫經時點著寫的惜春都應了鴛鴦遂辭了出來同小丫頭來至賈母房中回了一遍看見賈母與李紈打雙陸鴛鴦旁邊瞧着李紈的骰子好擲下去把老太太的錘打下了好幾個去鴛鴦抿著嘴兒笑忽見寶玉進來手中提了兩個細篾絲的小籠子籠內有幾個蟈蟈兒說道我聽說老太太夜裡睡不着我給老太太留下解解悶賈母笑道你別瞅着你

老子不在家你只管淘氣寶玉笑道我沒有淘氣賈母道你沒淘氣不在學房裡念書為什麼又弄這個東西呢寶玉道不是我自已弄的前兒因師父叫環兒和蘭兒對對子環兒對不來我悄悄的告訴了他他說了師父喜歡誇了他兩句他感激我的情買了來孝敬我的我纔拿了來孝敬老太太的賈母道他沒有天天念書麼為什麼對不上來對不上來就叫你儒大爺爺打他的嘴巴子看他臊不臊你也彀受了不記得你老子在家時一叫做詩做詞唬的倒像個小鬼兒是的這會子又說嘴了那環兒小子更沒出息求人替做了就變着方法兒打點人這麼點子孩子就鬧鬼鬧神的也不害臊赶大了還不知是個

什麽東西呢說的滿屋子人都笑了賈母又問道蘭小子呢做上來了沒有這該環兒替他了他又比他小了是不是寶玉笑道他倒沒有却是自己對的賈母道我不信不然就也是你鬧了鬼了如今你還了得羊羣裏跑出駱駝來了就只你大你又會做文章了寶玉笑道實在是他作的師父還誇他明兒一定有大出息呢老太太不信就打發人叫了他來親自試試老太太就知道了賈母道果然這麼着我纔喜歡我不過怕你撒謊既是他做的這孩子明兒大槩還有一點兒出息因看著李紈又想起賈珠來又說這也不枉你大哥哥死了你大嫂子拉扯他一場日後也替你大哥哥頂門壯戶說到這裏不禁淚下李

紈聽了這話却也動心只是賈母已經傷心自已連忙忍住淚笑勸道這是老祖宗的餘德我們托着老祖宗的福罷咧只要他應的了老祖宗的話就是我們的造化了老祖宗看着也喜歡怎麽倒傷起心來呢因又回頭向寶玉道寶叔叔明兒別這麽誇他他多大孩子知道什麽你不過是愛惜他的意思他那裏懂得一來二去眼大心肥那裏還能彀有長進呢賈母道你嫂子這也說的是就只他還太小呢也別逼緊了他小孩子胆兒小一時逼急了弄出點子毛病來書倒念不成把你的工夫都白遭塌了賈母說到這裏李紈却忍不住撲簌簌掉下淚來連忙擦了只見賈環賈蘭也都進來給賈母請了安賈蘭又

見過他母親然後過來在賈母旁邊侍立賈母道我剛纔聽見你叔叔說你對的好對了師父誇你來着賈蘭也不言語只管抿着嘴兒笑鴛鴦過來說道請示老太太晚飯伺候下了賈母道請你姨太太去罷琥珀接着便叫人去王夫人那邊請薛姨媽這裡寶玉賈環退出素雲和小丫頭們過來把雙陸收起李紈尚等着伺候賈母的晚飯賈蘭便跟着他母親站着賈母道你們娘兒兩個跟着我吃罷李紈答應了一時擺上飯來丫鬟回來禀道太太叫回老太太姨太太這幾天浮來暫去不能過來回老太太今日飯後家去了於是賈母叫賈蘭在身傍邊坐下大家吃飯不必細言却說賈母剛吃完了飯盥漱了歪在床上說閑話兒只見小丫頭子告訴琥珀過來回賈母道東府大爺請晚安來了賈母道你們告訴他如今他辦理家務乏乏的叫他歇着去罷我知道了小丫頭告訴老婆子們老婆子纔告訴賈珍賈珍然後退出到了次日賈珍過來料理諸事門上小厮陸續回了幾件事又一個小厮回道庄頭送菓子來了賈珍道單子呢那小厮連忙呈上賈珍看時上面寫着不過是時鮮菓品還夾帶菜蔬野味若干在內賈珍看完問向來經管的是誰門上的回道是周瑞便叫周瑞照賬點清送往裡頭交代等我把來賬抄下一個底子留著好對又叫告訴厨房把下菜中添幾宗給送菓子的來人照常賞飯給錢周瑞答應了一

面叫人搬至鳳姐兒院子裡去又把庄上的賬和菓子交代明白出去了一回兒又進來回賈珍道纔剛來的菓子大爺曾點過數目沒有賈珍道我那裡有工夫點這個呢給了你賬你照賬點就是了周瑞道小的曾點過也沒有少也不能多出來大爺既留下底子再叫送菓子來的人問問他這賬是真的假的賈珍道這是怎麽說不過是幾個菓子罷咧有什麽要緊我又沒有疑你說着只見鮑二走來磕了一個頭說道求大爺原舊放小的在外頭伺候罷賈珍道你們這又是怎麽着鮑二道奴才在這裡又說不上話來賈珍道誰叫你說話鮑二道何苦來在這裡做眼睛珠兒周瑞接口道奴才在這裡經管地租庄子

銀錢出入每年也有三五十萬來往老爺太太奶奶們從沒有說過話的何況這些零星東西若照鮑二說起來爺們家裡的田地房產都被奴才們弄完了賈珍想道必是鮑二在這裡拌嘴不如叫他出去因向鮑二說道快滾罷又告訴周瑞說你也不用說了你幹你的事罷二人各自散了賈珍正在書房裡歇著聽見門上鬧的翻江攪海叫人去查問回來說道鮑二和周瑞的乾兒子打架賈珍道周瑞的乾兒子是誰門上的回道他叫何三本來是個沒味兒的天天在家裡吃酒鬧事常來門上坐着聽見鮑二和周瑞拌嘴他就插在裡頭賈珍道這却可惡把鮑二和那個什麽何三給我一塊兒捆起來周瑞呢門上的

回道打架時他先走了賈珍道給我拿了來這還了得了衆人答應了正嚷着賈璉也回來了賈珍便告訴了一遍賈璉道這還了得又添了人去拿周瑞周瑞知道躲不過也找到了賈珍便叫都捆上賈璉便向周瑞道你們前頭的話也不要緊大爺說開了狠是了爲什麼外頭又打架你們打架已經使不得又弄個野雜種什麼何三來鬧你不壓伏壓伏他們倒竟走了就把周瑞踢了幾脚賈珍道单打周瑞不中用喝命人把鮑二和何三各人打了五十鞭子攆了出去方和賈璉兩個商量正事下人背地裡便生出許多議論來也有說賈珍護短的也有說不會調停的也有說他本不是好人前兒尤家姐妹弄出許多

醜事來那鮑二不是他調停着二爺叫了來的嗎這會子又嫌鮑二不濟事必是鮑二的女人伏侍不到了人多嘴雜紛紛不一却說賈政自從在工部掌印家人中儘有發財的那賈芸聽見了也要插手弄一點事兒便在外頭說了幾個工頭講了成數便買了些時新繡貨要走鳳姐兒的門子鳳姐正在屋裡聽見丫頭們說大爺二爺都生了氣在外頭打人呢鳳姐聽了不知何故正要叫人去問問只見賈璉已進來了把外面的事告訴了一遍鳳姐道事情雖不要緊但這風俗兒斷不可長此刻還算偺們家裡正旺的時候兒他們就敢打架已後小輩兒們當了家他們越發難制伏了前年我在東府裡親眼見過焦大

吃的爛醉躺在臺堦子底下罵人不管上上下下一混湯子的混罵他雖是有過功的人到底主子奴才的名分也要存點體統兒纔好珍大奶奶不是我說是個老實頭個個人都叫他養得無法無天的如今又弄出一個什麽鮑二我還聽見是你和珍大爺得用的人爲什麽今兒又打他呢賈璉聽了這話刺心便覺赸赸的拿話來支開借有事說着就走了小紅進來回道芸二爺在外頭要見奶奶鳳姐一想他又來做什麽便道叫他進來罷小紅出來瞅着賈芸微微一笑賈芸赶忙湊近一步問道姑娘替我回了沒有小紅紅了臉說道我就是見二爺的事多賈芸道何曾有多少事能到裡頭來勞動姑娘呢就是那一

年姑娘在寶二叔房裡我纔和姑娘小紅怕人撞見不等說完連忙問道那年我換給二爺的一塊絹子二爺見了沒有那賈芸聽了這句話喜的心花俱開纔要說話只見一個小丫頭從裡面出來賈芸連忙同着小紅往裡走兩個人一左一右相離不遠賈芸悄悄的道回來我出來還是你送出我來我告訴你還有笑話兒呢小紅聽了把臉飛紅瞅了賈芸一眼也不答言和他到了鳳姐門口自己先進去回了然後出來掀起簾子點手兒口中却故意說道奶奶請芸二爺進來呢賈芸笑了一笑跟着他走進房來見了鳳姐兒請了安並說母親叫問好鳳姐也問了他母親好鳳姐道你來有什麽事賈芸道姪兒從前承

嬸娘疼愛心上時刻想着總過意不去欲要孝敬嬸娘又怕嬸
娘多想如今重陽時候略備了一點兒東西嬸娘這裡那一件
沒有呢不過是姪兒一點孝心只怕嬸娘不賞臉鳳姐兒笑道
有話坐下說賈芸纔側身坐了連忙將東西捧着擱在傍邊桌
上鳳姐又道你不是什麼有餘的人何苦又去花錢我又不等
着使你今兒來意是怎麼個想頭兒你倒是實說賈芸道並沒
有別的想頭兒不過感念嬸娘的恩惠過意不去罷咧說着微
微的笑了鳳姐道不是這麼說你手裡窄我很知道我何苦白
白兒使你的你要我收下這個東西須先和我說明白了要是
這麼含着骨頭露着肉的我倒不收賈芸沒法兒只得站起來

陪着笑兒說道並不是有什麼妄想前幾日聽見老爺總辦陵
工姪兒有幾個朋友辦過好些工程極妥當的要求嬸娘在老
爺跟前提一提辦得一兩種姪兒再忘不了嬸娘的恩典若是
家裡用得着姪兒也能給嬸娘出力鳳姐道若是別的我却可
以作主至於衙門裡的事上頭呢都是堂官司員定的底下呢
都是那些書班衙役們辦的別人只怕插不上手連自己的家
人也不過跟著老爺伏侍伏侍就是你二叔去亦只是爲的是
各自家裡的事他也並不能攙越公事論家事這裡是踹一頭
兒撬一頭兒的連珍大爺還彈壓不住你的年紀兒又輕輩數
兒又小那裡纏的清這些人呢況且衙門裡頭的事差不多兒

也要完了不過吃飯嗜跑你在家裡什麽事作不得難道沒了這碗飯吃不成我這是實在話你自己回去想想就知道了你的情意我已經領了把東西快拿回去是那裡弄來的仍舊給人家送了去罷正說著只見奶媽子一大起帶了巧姐兒進來那巧姐兒身上穿得錦團花簇手裡拿着好些頑意兒笑嘻嘻走到鳳姐身邊學舌賈芸一見便站起來笑盈盈的赶着說道這就是大妹妹麽你要什麽好東西不要那巧姐兒便啞的一聲哭了賈芸連忙退下鳳姐道乖乖不怕連忙將巧姐攬在懷裡道這是你芸大哥哥怎麽認起生來了賈芸道妹妹生得好相貌將來又是個有大造化的那巧姐兒回頭把賈芸一瞧又哭起來疊連幾次賈芸看這光景坐不住便起身告辭要走鳳姐道你把東西帶了去罷賈芸道這一點子嬸娘還不賞臉鳳姐道你不帶去我便叫人送到你家去芸哥兒你不要這麽着你又不是外人我這裡有机會少不得打發人去叫你沒有事也沒法兒不在乎這些東東西西上的賈芸看見鳳姐執意不受只得紅着臉道既這麽着我再找得用的東西來孝敬嬸娘罷鳳姐兒便叫小紅拿了東西跟着送出芸哥去賈芸走着一面心中想道人說二奶奶利害果然利害一點兒都不漏縫兒正斬釘截鐵怪不得沒有後世這巧姐兒更怪見了我好像前世的冤家是的真正悔氣白鬧了這麽一天小紅見賈芸沒得

彩頭也不高興拿着東西退出來賈芸接過來打開包兒揀了兩件悄悄的遞給小紅小紅不接嘴裡說道二爺別這麼着看奶奶知道了大家倒不好看賈芸道你好生收著罷怕什麼那裡就知道了呢你若不要就是瞧不起我了小紅微微一笑纔接過來說道誰要你這些東西算什麼呢說了這句話把臉又飛紅了賈芸也笑道我也不是為東西況且那東西也算不了什麼說着話兒兩個已走到二門口賈芸把下剩的仍舊揣在懷內小紅催着賈芸道你先去罷有什麼事情只管來找我如今在這院裡了又不隔手賈芸點點頭兒說道二奶奶太利害我可惜不能長來剛纔我說的話你橫豎心裡明白得了空

兒再告訴你罷小紅滿臉羞紅說道你去罷明兒也長來正走誰叫你和他生疏呢賈芸道知道了賈芸說着出了院門這裡小紅站在門口怔怔的看他去遠了纔回來了卻說鳳姐在屋裡吩咐預備晚飯因又問道你們熬了粥了沒有丫鬟們連忙去問回來回道預備了鳳姐道你們把那南邊來的糟東西弄一兩碟來罷秋桐答應了叫丫頭們伺候平兒走來笑道我倒忘了今兒晌午奶奶在上頭老太太那邊的時候水月菴的師父打發人來要向奶奶討兩瓶南小菜還要支用幾個月的月錢說是身上不受用我問那道婆來着師父怎麼不受用說他四五天了前兒夜裡因那些小沙彌小道士裡頭有幾個女孩

千睡覺沒有吹燈他說了几次不聽那一夜看見他們三更以後燈還點着呢他便叫他們吹燈個個都睡着了沒有人答應只得自已親自起來給他們吹滅了回到炕上只見有兩個人一男一女坐在炕上他赶着問是誰那裡把一根繩子往他脖子上一套他便叫起人來衆人聽見點上燈火一齊赶來已經躺在地下滿口吐白沫子幸虧救醒了此時還不能吃東西所以叫來尋些小菜兒的我因奶奶不在屋裡不便給他我說奶奶此時沒有空兒在上頭呢回來告訴便打發他回去了剛纔聽見說起南菜方想起來了不然就忘了鳳姐聽了一呆說道南菜不是還有呢叫人送些去就是了那銀子過一天叫芹哥來領就是了又見小紅進來回道剛纔二爺差人來說是今晚城外有事不能回來先通知一聲鳳姐道是了說著只聽見小丫頭從後面喘吁吁的嚷着直跑到院子裡來外面平兒接着還有幾個丫頭們咕咕唧唧的說話鳳姐道你們說什麼呢平兒道小丫頭子有些膽怯說鬼話鳳姐說那一個小丫頭進來問道什麼鬼話那丫頭道我剛纔到後邊去叫打雜兒的添煤只聽得三間空屋子裡嘩喇嘩喇的響我還道是貓兒耗子又聽得噯的一聲像個人出氣兒的是的我害怕就跑回來了鳳姐罵道胡說我這裡斷不興說神說鬼我從來不信這些個話快滾出去罷那小丫頭出去了鳳姐便叫彩明將一天零

碎日帳對過一遍時已將近二更大家又歇了一回略說些閒話遂叫各人安歇去罷鳳姐也睡下了將近三更鳳姐似睡不睡覺得身上寒毛一乍自已驚醒了越躺着越發起滲來因叫平兒秋桐過來作伴二人也不解何意那秋桐本來不順鳳姐後來賈璉因尤二姐之事不大愛惜他了鳳姐又籠絡他如今倒也安靜只是心裡比平兒差多了外面情兒今見鳳姐不受用只得端上茶來鳳姐喝了一口道難爲你睡去罷只留平兒在這裡就彀了秋桐却要獻勤兒因說道奶奶睡不着倒是我們兩個輪流坐坐也使得鳳姐一面說一面睡着了平兒秋桐看見鳳姐已睡只聽得遠遠的雞聲叫了二人方都穿着衣

裳略躺了一躺就天亮了連忙起來伏侍鳳姐梳洗鳳姐因夜中之事心神恍惚不寧只是一味要强仍然扎掙起來正坐着納悶忽聽個小丫頭子在院裡問道平姑娘在屋裡麽平兒答應了一聲那小丫頭掀起簾子進來却是王夫人打發過來來找賈璉說外頭有人回要緊的官事老爺纔出了門太太叫快請二爺過去呢鳳姐聽見唬了一跳未知何事下回分解

紅樓夢第八十八回終

紅樓夢第八十九回

人亡物在公子填詞　蛇影杯弓顰卿絕粒

却說鳳姐正自起來納悶忽聽見小丫頭這話又唬了一跳連忙又問什麼官事小丫頭道也不知道剛纔二門上小廝回進來回老爺有要緊的官事所以太太叫我請二爺來了鳳姐聽了工部裡的事纔把心略略的放下因說道你回去回太太就說二爺昨日晚上出城有事沒有回來打發人先回珍大爺去罷那丫頭答應着去了一時賈珍過來見了部裡的人問明了進來見了王夫人回道部中來報昨日總河奏到河南一帶决了河口湮沒了幾府州縣又要開銷國帑修理城工工部司官

又有一番照料所以部裡特來報知老爺的說完退出及賈政回家來回明從此直到冬間賈政天天有事常在衙門裡寶玉的工課也漸漸鬆了只是怕賈政覺察出來不敢不常在學房裡去念書連黛玉處也不敢常去那時已到十月中旬寶玉起來要往學房中去這日天氣陡寒只見襲人早已打點出一包衣裳向寶玉道今日天氣很凉早晚寧可暖些說着把衣裳拿出來給寶玉挑了一件穿又包了一件叫小丫頭拿出交給焙茗囑咐道天氣冷二爺要換時好生預備着焙茗答應了抱着氊包跟着寶玉自去寶玉到了學房中做了自己的工課忽聽得紙牕呼喇喇一派風聲代儒道天氣又變了把風門推開一

看只見西北上一層層的黑雲漸漸往東南撲上來焙茗走進來回寶玉道二爺天氣冷了再添些衣裳罷寶玉點點頭兒只見焙茗拿進一件衣裳來寶玉不看則已看了時神已痴了那些小學生都巴着眼瞧却原是晴雯所補的那件雀金裘寶玉道怎麽拿這一件來是誰給你的焙茗道是裡頭姑娘們包出來的寶玉道我身上不大冷且不穿呢包上罷代儒只當寶玉可惜這件衣裳却也心裡喜他知道儉省焙茗道二爺穿上罷著了冷又是奴才的不是了二爺只當疼奴才罷寶玉無奈只得穿上呆呆的對着書坐著代儒也只當他看書不甚理會晚間放學時寶玉便往代儒托病告假一天代儒本來上年紀的

人也不過伴著幾個孩子解悶兒時常也八病九痛的樂得去一個少操一日心况且明知賈政事忙賈母溺愛便點點頭兒寶玉一逕回來見過賈母王夫人也是這麽說自然沒有不信的略坐一坐便回園中去了見了襲人等也不似往日有說有笑的便和衣躺在炕上襲人道晚飯預備下了這會兒吃還是等一等兒寶玉道我不吃了心裡不舒服你們吃去罷襲人道那麽着你也該把這件衣裳換下來了那個東西那裡禁得住揉搓寶玉道不用換襲人道倒也不但是嬌嫩物兒你瞧瞧那上頭的針線也不該這麽遭塌他呀寶玉聽了這話正碰在他心坎兒上歎了一口氣道那麽着你就收起來給我包好了我

也總不穿他了說着站起來脫下襲人纔過来接時寶玉已經
自巳叠起襲人道二爺怎麽今日這樣勤謹起來了寶玉也不
答言叠好了便問包這個的包袱呢麝月連忙遞過來讓他自
巳包好回頭和襲人擠着眼兒笑寶玉也不理會自巳坐着無
精打彩猛聽架上鍾响自巳低頭看了看表針巳指到酉初二
刻了一時小丫頭點上燈來襲人道你不吃飯喝半碗熱粥兒
罷別净餓着看仔細餓上虛火來那又是我們的累贅了寶玉
搖搖頭兒說這不大餓强吃了倒不受用襲人道既這麽著就
索性早些歇着罷于是襲人麝月舖設好了寶玉也就歇下翻
來覆去只睡不着將及黎明反朦朧睡去有一頓飯時早又醒

了此時襲人麝月也都起来襲人道昨夜聽着你翻騰到五更
天我也不敢問你後來我就睡着了不知到底你睡着了没有
寶玉道也睡了一睡不知怎麽就醒了襲人道你没有什麽不
受用寶玉道没有只是心上發煩襲人道今日學房裡去不去
寶玉道我昨兒巳經告了一天假了今兒我要想園裡逛一天
散散心只是怕冷你叫他們收拾一間屋子備了一爐香擱下
紙墨筆硯你們只管幹你們的我自巳静坐半天纔好别叫他
們來攪我麝月接着道二爺要静静兒的用工夫誰敢來攪襲
人道這麽着很好也省得着了凉自巳坐坐心神也不攪因又
問你既懶待吃飯今日吃什麽早說好傳給厨房裡去寶玉道

還是隨便罷不必鬧的大驚小怪的倒是要幾個菓子擱在那屋裡借點菓子香襲人道那個屋裡好別的都不大乾淨只有晴雯起先住的那一間因一向無人還乾淨就是清冷些寶玉道不妨把火盆挪過去就是了襲人答應了正說着只見一個小丫頭端了一個茶盤兒一個碗一雙牙筯遞給麝月道這是剛纔花奶奶要們厨房裡老婆子送了來了麝月接了一看却是一碗燕窩湯便問襲人道這是姐姐要的麽襲人笑道昨夜二爺沒吃飯又翻騰了一夜想來今兒早起心裡必是發空的所以我告訴小丫頭們叫厨房裡做了這個來的襲人一面叫小丫頭放桌兒麝月打發寶玉喝了漱了口只見秋紋走來說道那屋裡已經收拾妥了但等著一時炭勁過了二爺再進去罷寶玉點頭只是一腔心事懶意說話一時小丫頭來請說筆硯都安放妥當了寶玉道知道了又一個小丫頭回道早飯得了二爺在那裡吃寶玉道就拿了來罷不必累贅了小丫頭答應了自去一時端上飯來寶玉笑了一笑向麝月襲人道我心裡悶得狠自己吃只怕又吃不下去不如你們兩個同我一塊兒吃或者吃的香甜我也多吃些麝月笑道這是二爺的高興我們可不敢襲人道其實也使得我們一處喝酒也不止今日只是偶然替你解悶兒還使得若認真這樣還有什麽規矩體統呢說着三人坐下寶玉在上首襲人麝月兩個打橫陪着吃

了飯小丫頭端上漱口茶來兩個看着徹了下去寶玉因端着茶默默如有所思又坐了一坐便問道那屋裡收拾妥了麽麝月道頭裡就回過了這會子又問寶玉畧坐了一坐便過這間屋子來親自點了一炷香擺上些菓品便叫人出去關上門外面襲人等都靜悄無聲寶玉拿了一幅泥金角花的粉紅箋出來口中祝了幾句便提起筆來寫道怡紅主人焚付晴姐知之酌茗清香庶幾來饗其詞云

隨身伴獨自意綢繆誰料風波平地起頓教軀命即時休孰與話輕柔　東逝水無復向西流想像更無懷夢草添衣還見翠雲裘脉脉使人愁

寫畢就在香上點個火焚化了靜靜兒等着直待一炷香點盡了纔開門出來襲人道怎麽出來了想來又悶的慌了寶玉笑了一笑假說道我原是心裡煩纔找個清靜地方兒坐坐這會子好了還要外頭走走去呢說着一逕出來到了瀟湘館裡在院裡問道林妹妹在家裡呢麽紫鵑接應道是誰掀簾看時笑道原來是寶二爺姑娘在屋裡呢請二爺到屋裡坐着寶玉同着紫鵑走進來黛玉却在裡間呢說道紫鵑請二爺屋裡坐罷寶玉走到裡間門口看見新寫的一付紫墨色泥金雲龍箋的小對上寫著綠窗明月在青史古人空寶玉看見笑了一笑走入門去笑問道妹妹做什麽呢黛玉站起來迎了兩步笑着讓

道請坐我在這裏寫經只剩得兩行了等寫完了再說話兒因叫雪雁倒茶寶玉道你別動只管寫說着一面看見中間掛着一幅單條上面畫着一個嫦娥帶着一個侍者又一個女仙也有一個侍者捧著一個長長兒的衣囊似的二人身旁邊略有些雲護別無點綴全倣李龍眠白描筆意上有鬬寒圖三字用八分書寫着寶玉道妹妹這幅鬬寒圖可是新掛上的黛玉道可不是昨日他們收拾屋子我想起來拿出來叫他們掛上的寶玉道是什麼出處黛玉笑道眼前熟的很的還要問人寶玉笑道我一時想不起妹妹告訴我罷黛玉道豈不聞青女素娥俱耐冷月中霜裏鬬嬋娟寶玉道是啊這個實在新奇雅致却

好此時拿出來掛說著又東瞧瞧西走走雪雁沏了茶來寶玉吃着又等了一會子黛玉經纔寫完站起來道簡慢了寶玉笑道妹妹還是這麼客氣但見黛玉身上穿着月白綉花小毛皮襖加上銀鼠坎肩頭上挽著隨常雲髻簪上一枝赤金匾簪別無花朶腰下繫着楊妃色繡花綿裙眞比如

亭亭玉樹臨風立　冉冉香蓮帶露開

寶玉因問道妹妹這兩日彈琴來着没有黛玉道兩日沒彈了因爲寫字可經覺得手冷那裏還去彈琴寶玉道不彈也罷了我想琴雖是青高之品却不是好東西從没有彈琴裏彈出富貴壽考來的只有彈出憂思怨亂來的再者彈琴也得心裏記

謂末你費心依我說妹妹身子又单弱不操這心也罷了黛玉抿着嘴兒笑寶玉指着壁上道這張琴可就是麽怎麽這麽短黛玉笑道這張琴不是短因我小時學撫的時候別的琴都彀不着因此地特做起來的雖不是焦尾枯桐是鶴仙鳳尾還配得齊整龍池雁足高下還相宜你看這斷紋不是牛旄是的麽所以音韻也還清越寶玉道妹妹這幾天來做詩沒有黛玉道自結社以後沒大做寶玉笑道你別瞞我我聽見你吟的什麽不可惙素心如何天上月你擱在琴裡覺得音响分外的响亮有的沒的黛玉道你怎麽聽見了寶玉道我那一天從蓼風軒來聽見的又恐怕打斷你的清韻所以靜聽了一會就走了我

正要問你前路是平韻到末了兒忽轉了仄韻是個什麽意思黛玉道這是人心自然之音做到那裡就到那裡原沒有一定的寶玉道原來如此可惜我不知音枉聽了一會子黛玉道古來知音人能有幾個寶玉聽了又覺得出言冒失了又怕寒了黛玉的心坐了一坐心裡像有許多話却再無可講的黛玉因方纔的話也是衝口而出此時回想覺得太冷淡些也就無語寶玉越發打量黛玉設疑遂訕訕的站起來說道妹妹坐着罷我還要到三妹妹那裡瞧瞧去呢黛玉道你若見了三妹妹替我問候一聲罷寶玉答應着便出來了黛玉送至屋門口自己回來悶悶的坐着心裡想道寶玉近來說話半吐半吞忽冷忽

熱也不知他是什麽意思正想著紫鵑走來道姑娘經不寫了我把筆硯都收好了黛玉道不寫了收起去罷說着自己走到裡間屋裡床上歪着慢慢的細想紫鵑進來問道姑娘喝碗茶罷黛玉道不吃呢我略歪歪罷你們自己去罷紫鵑答應着出來只見雪雁一個人在那裡發獃紫鵑走到他跟前問道你這會子也有了什麽心事了麽雪雁只顧發獃倒被他嚇了一跳因說道你別嚷今日我聽見了一句話我告訴你聽奇不奇你可別言語說着往屋裡努嘴兒因自己先行點着頭兒叫紫鵑同他出來到門外平臺底下悄悄兒的道姐姐你聽見了麽寶玉定了親了紫鵑聽見唬了一跳說道這是那裡來的話只怕

不真罷雪雁道怎麽不真別人大槩都知道就只偺們沒聽見紫鵑道你在那裡聽來的雪雁道我聽見侍書說的是個什麽知府家家資也好人才也好紫鵑正聽時只聽見黛玉咳嗽了一聲似乎起來的光景紫鵑恐怕他出來聽見便拉了雪雁搖搖手兒往裡望望不見動靜纔又悄悄兒的問道他到底怎麽說來着雪雁道前兒不是叫我到三姑娘那裡去道謝嗎三姑娘不在屋裡只有侍書在那裡大家坐著無意中說起寶二爺淘氣來他說寶二爺怎麽好。只會頑兒。全不像大人的樣子已經說親了還是這麽獃頭獃腦我問他定了沒有他說是定了是個什麽王大爺做媒的那王大爺是東府裡的親戚所以也不用打聽一說就成了紫鵑側着頭想了一想道這句話奇又問道怎麽家裡没有人說起雪雁道侍書也說的是老太太的意思若不說起恐怕寶玉野了心所以都不提起侍書告訴了我又叮嚀千萬不可露風說出來知道是我多嘴把手往裡一指所以他面前也不提今日是你問起我不犯瞞你正說到這裡只聽鸚鵡叫喚學有說姑娘回来了快倒茶來倒把紫鵑雪雁嚇了一跳回頭並不見有人便罵了鸚鵡一聲走進屋內只見黛玉喘吁吁的剛坐在椅子上紫鵑搭訕着問茶問水黛玉問道你們兩個那裡去了再叫不出一個人來說着便走到炕邊將身子一歪仍舊倒在炕上往裡躺下叫把帳兒撩下紫鵑雪雁答應出去他兩個心裡疑惑方纔的話只怕被他聽了去了只好大家不提誰知黛玉一腔心事又竊聽了紫鵑雪雁的話雖不很明白已聽得了七八分如同將身撂在大海裡一般思前想後竟應了前日夢中之讖千愁萬恨堆上心來左右打算不如早些死了免得眼見了意外的事情那時反倒無趣又想到自己沒了爹娘的苦自今以後把身子一天一天的遭塌起來一年半載少不得身登清淨打定了主意被也不蓋衣也不添竟是合眼裝睡紫鵑和雪雁來伺候幾次不見動靜又不好叫喚晚飯都不吃點燈已後紫鵑掀開帳子見已睡着了被窩都蹬在脚後怕他着了凉輕輕兒拿來蓋上黛玉也不動單待

他出去。仍然褪下。那紫鵑只管問雪雁今兒的話到底是真的是假的雪雁道怎麽不真紫鵑道侍書怎麽知道的雪雁道是小紅那裡聽來的紫鵑道頭裡偺們說話只怕姑娘聽見了你看剛纔的神情大有原故今日以後偺們倒别提這件事了說着兩個人也收拾要睡紫鵑進來看時只見黛玉被窩又蹬下來復又給他輕輕蓋上一宿晚景不提次日黛玉清早起來也不叫人獨自一個呆呆的坐着紫鵑醒來看見黛玉已起便驚問道姑娘怎麽這樣早黛玉道可不是睡得早所以醒得早紫鵑連忙起來叫醒雪雁伺候梳洗那黛玉對着鏡子只管獃獃的自看看了一回那珠淚兒斷斷連連早已濕透了羅帕正是

　　痩影正臨春水照　卿須憐我我憐卿

紫鵑在傍也不敢勸只怕倒把閒話勾引舊恨來遲了好一會黛玉纔隨便梳洗了那眼中淚漬終是不乾又自坐了一會叫紫鵑道你把藏香點上紫鵑道姑娘你睡也沒睡得幾時如何點香不是要寫經黛玉點點頭兒紫鵑道姑娘今日醒得太早這會子又寫經只怕太勞神了罷黛玉道不怕早完了早好況且我也并不是爲經倒借着寫字解解悶兒以後你們見了我的字蹟就算見了我的面兒了說着那淚直流下來紫鵑聽了這話不但不能再勸連自已也掌不住滴下淚來原來黛玉立定主意自此已後有意遭塌身子茶飯無心每日漸減下來寶

玉下學時也常抽空問候只是黛玉雖有萬千言語自知年紀
已大又不便似小時可以柔情挑逗所以滿腔心事只是說不
出來寶玉欲將實言安慰又恐黛玉生嗔反添病症兩個人見
了面只得用浮言勸慰眞眞是親極反踈了那黛玉雖有賈母
王夫人等憐恤不過請醫調治只說黛玉常病那裡知他的心
病紫鵑等雖知其意也不敢說從此一天一天的減到半月之
後腸胃日薄一日果然粥都不能吃了黛玉日間聽見的話都
似寶玉娶親的話看見怡紅院中的人無論上下也像寶玉娶
親的光景薛姨媽來看寶玉不見寶釵越發起疑心索性不要
人來看望也不肯吃藥只要速死睡夢之中常聽見有人叫寶

二奶奶的一片疑心竟成蛇影一日竟是絕粒粥也不喝懨懨
一息垂斃殆盡未知黛玉性命如何且看下回分解

紅樓夢第八十九回終

紅樓夢第九十回

失綿衣貧女耐嗷嘈　送菓品小郎驚叵測

却說黛玉自立意自戕之後漸漸不支一日竟至絕粒從前十幾天內賈母等輪流看望他有時還說幾句話這兩日索性不大言語心裡雖有時昏暈却也有時清楚賈母等見他這病不似無因而起也將紫鵑雪雁盤問過兩次那裡敢說便是紫鵑欲向侍書打聽消息又怕越鬧越真黛玉更死得快了所以見了侍書毫不提起那雪雁是他傳話弄出這樣原故來此時恨不得長出百十個嘴來說我沒說自然更不敢提起到了這一天黛玉絕粒之日紫鵑料無指望了守着哭了會子因出

來偷向雪雁道你進屋裡來好好兒的守着他我去回老太太太太和二奶奶去今日這個光景大非往常可比了雪雁答應紫鵑自去這裡雪雁正在屋裡伴着黛玉見他昏昏沉沉小孩子家那裡見過這個樣兒只打諒如此便是死的光景了心中又痛又怕恨不得紫鵑一時回來纔好正怕着只聽窗外脚步走响雪雁知是紫鵑回來纔放下心了連忙站起來掀着裡間簾子等他只見外面簾子响處進來了一個人却是侍書那侍書是探春打發來看黛玉的見雪雁在那裡掀着簾子便問道姑娘怎麼樣雪雁點點頭兒叫他進來侍書跟進來見紫鵑不在屋裡瞧了瞧黛玉只剩得殘喘微延唬的驚疑不止因問紫

鵑姐姐呢雪雁道告訴上屋裡去了那雪雁此時只打諒黛玉心中一無所知了又見紫鵑不在面前因悄悄的拉了侍書的手問道你前日告訴我說的什麽王大爺給這裡寶二爺說了親是真話麽侍書道怎麽不真雪雁道多早晚放定的侍書道那裡就放定了呢那一天我告訴你時是我聽見小紅說的後來我到二奶奶那邊去二奶奶正和平姐姐說呢道那都是門客們借着這個事討老爺的喜歡往後好拉攏的意思别說大太太說不好就是大太太願意說那姑娘好那大太太眼裡看的出什麽人來再者老太太心裡早有了人了就在偺們園子裡的大太太那裡摸的着底呢老太太不過因老爺的話不得

不問問罷咧又聽見二奶奶說寶玉的事老太太總是要親上作親的憑誰來說親横竪不中用雪雁聽到這裡也忘了神了因說道這是怎麽說白白的送了我們這一位的命了侍書道這是從那裡說起雪雁道你還不知道呢前日都是我和紫鵑姐姐說來着這一位聽見了就弄到這步田地了侍書道你悄悄兒的說罷看仔細他聽見了雪雁道人事都不醒了瞧瞧罷左不過在這一兩天了正說着只見紫鵑掀簾進來說這還了得你們有什麽話還不出去說還在這裡說索性逼死他就完了侍書道我不信有這樣奇事紫鵑道好姐姐不是我說你又該惱了你懂得什麽呢懂得也不傳這些舌了這裡三個人正

說着只聽黛玉忽然又嗽了一聲紫鵑連忙跑到炕沿前站着侍書雪雁也都不言語了紫鵑灣着腰在黛玉身後輕輕問道姑娘喝口水罷黛玉微微答應了一聲雪雁連忙倒了半鍾滾白水紫鵑接了托着侍書也走近前來紫鵑和他搖頭兒不叫他說話侍書只得咽住了站了一回黛玉又嗽了一聲紫鵑趁勢問道姑娘喝水呀黛玉又微微應了一聲那頭似有欲抬之意那裡抬得起紫鵑爬上炕去爬在黛玉傍邊端着水試了冷熱送到唇邊扶了黛玉的頭就到碗邊喝了一口紫鵑纔要拿時黛玉意思還要喝一口紫鵑便托着那碗不動黛玉又喝了一口搖搖頭兒不喝了喘了一口氣仍舊躺下半日微微睜眼

說道剛纔說話不是侍書麽紫鵑答應道是侍書尚未出去因連忙過來問候黛玉睁眼看了點點頭兒又歇了一歇說道回去問你姑娘好罷侍書見這番光景只當黛玉嫌煩只得悄悄的退出去了原來那黛玉雖則病勢沉重心裡却還明白起先侍書雪雁說話時他也糢糊聽見了一半句却只作不知也因實無精神答理及聽了雪雁侍書的話纔明白過前頭的事情原是議而未成的又兼侍書說是鳳姐說的老太太的主意親上作親又是園中住着的非自己而誰因此一想陰極陽生心神頓覺清爽許多所以纔喝了兩口水又要想問侍書的話恰好賈母王夫人李紈鳳姐聽見紫鵑之言都赶著來看黛玉心

中疑團已破自然不似先前尋死之意了雖身骨軟弱精神短少却也勉强答應一兩句了鳳姐因叫過紫鵑問道姑娘也不至這樣這是怎麽說你這樣唬人紫鵑道寔在頭裡看著不好纔敢去告訴的回來見姑娘竟好了許多也就怪了賈母笑道你也别信他他懂得什麽看見不好就言語這倒是他明白的地方小孩子家不嘴嬾脚嬾就好說了一回賈母等料著無妨也就去了正是

心病終須心藥治　解鈴還是繫鈴人

不言黛玉病漸減退且說雪雁紫鵑背地裡都心鄉雪雁向紫鵑說道虧他好了只是病的奇怪好的也奇怪紫鵑道病的倒不怪就只好的奇怪想來寶玉和姑娘必是姻緣人家說的好事多磨又說道是姻緣棒打不回這麽看起來人心天意他們兩個竟是天配的了再者你想那一年我說了林姑娘要回南去把寶玉没急死了鬧得家翻宅亂如今一句話又把這一個弄的死去活來可不說的三生石上百年前結下的麽說著兩個悄悄的抿着嘴笑了一回雪雁又道幸虧好了偺們明兒再别說了就是寶玉娶了别的人家兒的姑娘我親見他在那裡結親我也再不露一句話了紫鵑笑道這就是了不但紫鵑雪雁在私下裡講究就是衆人也都知道黛玉的病也病的奇怪好也好得奇怪三三兩兩唧唧噥噥議論着不多幾時連鳳

姐兒也知道了邢王二夫人也有些疑惑倒是賈母略猜着了八九那時正值邢王二夫人鳳姐等在賈母房中說閒話說起黛玉的病來賈母道我正要告訴你們寶玉和林丫頭是從小兒在一處的我只說小孩子們怕什麽以後時常聽得林丫頭忽然病忽然好都爲有了些知覺了所以我想他們若儘着擱在一塊兒畢竟不成體統你們怎麽說王夫人聽了便呆了一呆只得答應道林姑娘是個有心計兒的至于寶玉獃頭獃惱不避嫌疑是有的看起外面却還都是個小孩兒形像此時若忽然或把那一個分出園外不是倒露了什麽痕跡了麽古來說的男大須婚女大須嫁老太太想倒是趕著把他們的事辦

辦也罷了賈母皺了一皺眉說道林丫頭的乖僻雖也是他的好處我的心裡不把林丫頭配他也是爲這點子况且林丫頭這樣虛弱恐不是有壽的只有寶丫頭最妥王夫人道不但老太太這麽想我們也是這麽但林姑娘也得給他說了人家兒纔好不然女孩兒家長大了那個沒有心事倘或真與寶玉有些私心若知道寶玉定下寶丫頭那倒不成事了賈母道自然先給寶玉娶了親然後給林丫頭說人家再沒有先是外人後是自己的况且林丫頭年紀到底比寶玉小兩歲依你們這麽說倒是寶玉定親的話不許叫他知道倒罷了鳳姐便吩咐衆丫頭們道你們聽見了寶二爺定親的話不許混吵嚷若有多

嘴的隄防着他的皮賈母又向鳳姐道鳳哥兒你如今自從身上不大好也不大管園裡的事了我告訴你須得經點兒心不但這個就像前年那些人喝酒耍錢都不是事你還精細些少不得多分點心兒嚴緊嚴緊他們纔好况且我看他們也就還服你些鳳姐答應了娘兒們又說了一囬話方各自散了從此鳳姐常到園中照料一日剛走進大觀園到了紫菱洲畔只聽見一個老婆子在那裡嚷鳳姐走到跟前那婆子纔瞧見了早垂手侍立口裡請了安鳳姐道你在這裡鬧什麼婆子道蒙奶奶們派我在這裡看守花菓我也沒有差錯不料邢姑娘的丫頭說我們是賊鳳姐道爲什麼呢婆子道昨兒我們家的黑兒

跟著我到這裡頑了一回他不知道又往邢姑娘那邊去瞧了一瞧我就呌他囬去了今兒早起聽見他們丫頭說丟了東西了我問他丟了什麼他就問起我來了鳳姐道問了你一聲也犯不着生氣呀婆子道這裡園子到底是奶奶家裡的並不是他們家裡的我們都是奶奶派的賊名兒怎麼敢認呢鳳姐照臉啐了一口厲聲道你少在我跟前撈撈叨叨的你在這裡照看姑娘丟了東西你們就該問哪怎麼說出這些沒道理的話來把老林呌了來攆他出去丫頭們答應了只見邢岫烟趕忙出來迎着鳳姐陪笑道這使不得沒有的事事情早過去了鳳姐道姑娘不是這個話倒不講事情這名分上太豈有此理了

岫烟見婆子跪在地下告饒便忙請鳳姐到裡邊去坐鳳姐道他們這種人我知道他除了我其餘都沒上沒下的了岫烟再三替他討饒只說自己的丫頭不好鳳姐道我看着邢姑娘的分上饒你這一次婆子纔起來磕了頭又給岫烟磕了頭纔出去了這裡二人讓了坐鳳姐笑問道你丟了什麼東西了岫烟笑道沒有什麼要緊的是一件紅小襖兒已經舊了的我原叫他們找找不着就罷了這小丫頭不懂事問了那婆子一聲那婆子自然不依了這都是小丫頭糊塗不懂事我也罵了幾句已經過去了不必再提了鳳姐把岫烟內外一瞧看見雖有些皮綿衣裳已是半新不舊的未必能暖和他的被窩多半是薄

的至于房中桌上擺設的東西就是老太太拿來的却一些不動收拾的乾乾淨淨鳳姐心上便狠愛敬他說道一件衣裳原不要緊這時候冷又是貼身的怎麼就不問一聲兒呢這撒野的奴才了不得了說了一回姐姐出來各處去坐了一坐就回去了到了自己房中叫平兒取了一件大紅洋縐的小襖兒一件松花色綾子一抖珠兒的小皮襖一條寶藍盤錦鑲花綿裙一件佛青銀鼠褂子包好叫人送去那時岫烟被那老婆子聒噪了一場雖有鳳姐來壓住心上終是不定想起許多姐妹們在這裡沒有一個下人敢得罪他們的獨自我這裡他們言三語四剛剛鳳姐來碰見想來想去終是沒意思又說不出來正在

吞聲飲泣看見鳳姐那邊的豐兒送衣裳過來岫烟一看決不肯受豐兒道奶奶吩咐我說姑娘要嫌是舊衣裳將來送新的來岫烟笑謝道承奶奶的好意只是因我丟了衣裳他就拿來我斷不敢受的拿回去千萬謝你們奶奶承你奶奶的情我算領了倒拿個荷包給了豐兒那豐兒只得拿了去了不多時又見平兒同著豐兒過來岫烟忙迎着問了好讓了坐平兒笑說道我們奶奶說姑娘特外道的了不得岫烟道不是外道實在不過意平兒道奶奶說姑娘要不收這衣裳不是嫌太舊就是瞧不起我們奶奶剛纔說了我要拿回去奶奶不依我呢岫烟紅着臉笑謝道這樣說了叫我不敢不收又讓了一回茶平兒

和豐兒回去將到鳳姐那邊碰見薛家差來的一個老婆子接著問好平兒便問道你那裡去的婆子道那邊太太姑娘叫我來請各位太太奶奶姑娘們的安我纔剛在奶奶前問起姑娘來說姑娘到園中去了可是從邢姑娘那裡來麼平兒道你怎麼知道婆子道方纔聽見說真真的二奶奶和姑娘們的行事叫人感念平兒笑了一道說你回來坐著罷婆子道我還有事改日再過來瞧姑娘罷說着走了平兒回來回復了鳳姐不在話下且說薛姨媽家中被金桂攪得翻江倒海看見婆子回來說起岫烟的事寶釵母女二人不免滴下淚來寶釵道都為哥哥不在家所以叫邢姑娘多吃幾天苦如今還虧鳳姐姐不錯

偺們底下也得留心到底是偺們家裡人說着只見薛蝌進來說道大哥哥這幾年在外頭相與的都是些什麼人連一個正經的也沒有來一起子都是些狐群狗黨我看他們那裡是不放心不過將來探探消息兒罷咧這兩天都被我乾出去了以後吩咐了門上不許傳進這種人來薛姨媽道又是蔣玉函那些人哪薛蝌道蔣玉函卻倒沒來倒是別人薛姨媽聽了薛蝌的話不覺又傷起心來說道我雖有兒如今就像沒有的了就是上司准了也是個廢人你雖是我姪兒我看你還比你哥哥明白些我這後輩子全靠你了你自已從今更要學好再者你聘下的媳婦兒家道不比往時了人家的女孩兒出門子不是容易再沒別的想頭只盼着女婿能幹他就有日子過了若那丫頭也像這個東西說著把手往裡頭一指道我也不說了那丫頭實在是個有廉恥有心計兒的又守得貧耐得富只是等偺們的事過去了早些兒把你們的正經事完結了也了我一宗心事薛蝌道琴妹妹還沒有出門子這倒是太太煩心的一件事至於這個可筭什麼呢大家又說了一回閒話薛蝌回到自己屋裡吃了晚飯想起邢岫煙住在賈府園中終是寄人籬下況且又窮日用起居不想可知況兼當初一路同來模樣兒性格兒都知道的可知天意不均如夏金桂這種人偏叫他有錢嬌養得這般潑辣邢岫烟這種人偏叫他這樣受苦閻王判

命的時候不知如何判法的想到悶來也想吟詩一首寫出來出出胸中的悶氣又苦自已没有工夫只得混寫道

蛟龍失水似枯魚　兩地情懷感索居
同在泥塗多受苦　不知何日向清虛

寫畢看了一回意欲拿來粘在壁上又不對意思自已沉吟道不要被人看見笑話又念了一遍道管他呢左右粘上自已看着解悶兒罷又看了一回到底不好拿來夾在書裡又想自已年紀可也不小了家中又碰見這樣飛災橫禍不知何日了局致使幽閨弱質弄得這般凄凉寂寞正在那裡想時只見寶蟾推進門來拿着一個盒子笑嘻嘻放在棹上薛蝌站起來讓坐

寶蟾笑着向薛蝌道這是四碟菓子一小壺兒酒大奶奶叫給二爺送來的薛蝌陪笑道大奶奶費心但是叫小丫頭們送來就完了怎麼又勞動姐姐呢寶蟾道好說自家人二爺何必說這些套話再這我們大爺這件事道寔叫二爺操心大奶奶久已要親自弄點什麼兒謝二爺又怕別人多心二爺是知道的偺們家裡都是言合意不合送點子東西没要緊倒没的惹人七嘴八舌的講究所以今兒些微的弄了一兩樣菓子一壺酒叫我親自悄悄兒的送來說著又笑瞅了薛蝌一眼道明兒二爺再別說這些話叫人聽着怪不好意思的我們不過也是底下的人伏侍的著大爺就伏侍的着二爺這有何妨呢薛蝌一

則秉性忠原二則到底年輕只是向来不見金桂和寶蟾如此相待心中想到剛纔寶蟾說爲薛蟠之事也是情理因說道菓子留下罷這個酒兒姐姐只管拿回去我向來的酒上寔在狠有限擠住了偶然喝一鍾平白無事是不能喝的難道大奶奶和姐姐還不知道麼寶蟾道别的我作得主獨這一件事我可不敢應大奶奶的脾氣兒二爺是知道的我拿回去不說二爺不喝倒要說我不盡心了薛蝌沒法只得留下寶蟾方纔要走又到門口往外看看回過頭來向着寶蟾一笑又用手指着裡面說道他還只怕要來親自給你道乏呢薛蝌不知何意反倒赸赸的起來因說道姐姐替我謝大奶奶罷天氣寒看涼着再

者自已叔嫂也不必拘這些個禮寶蟾也不答言笑着走了薛蝌始而以爲金桂爲薛蟠之事或者真是不過意備此酒菓給自已道乏也是有的及見了寶蟾這種鬼鬼祟祟不尷不尬的光景也覺有幾分却自已門心一想他到底是嫂子的名分那裡就有别的講究了呢或者寶蟾不老成自已不好意思怎麼著却指着金桂的名兒也未可知然而倒底是哥哥的屋裡人也不好忽又一轉念那金桂索性爲人毫無閨閫理法况且有時高興打扮的妖調非常自以爲美又怎麼不是懷着心呢不然就是他和琴妹妹也有了什麼不對的地方兒所以設下這個毒法兒要把我拉在渾水裡弄一個不清不白的名兒也

未可知想到這裡索性倒悄起來了正在不得主意的時候忽聽窗外噗哧的笑了一聲把薛蝌倒唬了一跳未知是誰下回分解

紅樓夢第九十回終